JN160265

佐々木蔦芳句集

残響

東奥日報社

句集発行を心待ちにしておりましたが「残響」は父英助（蔦芳）の目に触れる事なく、旅立ちました。
生前お世話になりました皆様にお読みいただければ幸いでございます。

平成二十八年四月

〒〇三九—二二四二
青森県八戸市多賀台三丁目一〇—二二
佐々木　東
佐々木　保
電話　〇一七八—五二—三四五二

目次

第一章　喜雨の力

五十七句

校舎の窓あるだけ染まり初日の出

表札のある家なき家お元日

おふくろに似た顔となる福笑ひ

鏡餅刃こぼれ鎌も並べ置く

元旦の襟正したる妻に子に

鴉に餅ちぎり投げ上ぐ寒施行

児の笛の音程はづれ寒ゆるぶ

蒼天の燈台凛と寒四郎

反芻の牛が雪噛む落人村

鋸目磨ぐ杣にとろとろ囲炉裏燃ゆ

真向ひに覚めきれぬ山杁摺る

思水忌のほっこり積る二月雪

啓蟄や背ナの子の首よく動く

桜白忌鑿あとひかる臼を買ふ

地酒酌む八十八夜の雨の音

山背吹き村中にほふ厩出し

のどけしや杭打つ音の後れ来る

父の忌や山の匂ひの蓬餅

山の音ちからに妻と豆を蒔く

土手焼くや妻と昂り持ちあるき

葬列の片寄りゆくや桜草

つぎつぎと先に眼がゆく蕨狩

スタンプに青年啄木あたたかし

人の手に渡りまぶしき花菜畑

青胡桃母校のチャイムよくひびき

歯並びのよき山の子やさくらんぼ

郭公の縄張りのなか沼ひとつ

蕗茹でる大鍔釜を据ゑにけり

田草取妻は一人の音の中

逆上がり出来ぬ子もゐて青田風

子へ残す杉植ゑにけり梅雨晴間

水門の芥噛みゐし我鬼忌かな

花桐や旧知のごとく匂ふ径

亡き母の箪笥置かれし油団かな

北上の源流のぞき蚊に刺さる

雹打つて百頭の牛沢へ急く

白壁の蔵の家紋や栗の花

畝たたく喜雨の力を見てゐたり

暗やみに落し湯の音十七夜

牛匂ふどこの家にも木槿咲き

秋日和まぶしき程に婆の皺

佞武多果て跳ね人の帰路は鈴鳴らし

流鏑馬の馬の溜り場こぼれ萩

かんなぎのかたき束髪八幡祭

石獣の句碑の温容無月なる

長月に一夜泊りの羽黒坊

稲干して足柄山の風旨し

城閣や秋の日矢射る相模湾

千仭の谷のぞかせて臭木咲く

蟋蟀のこゑのあつまる元湯かな

妻留守の夜や半身焼く秋の鯖

髪きつて耳爽やかに個展見る

いか襖稲架襖照る日本海

新藁を束ねて膝を濡らしをり

喪の家のしづかに菊を焚きゐたり

好日のこぼして匂ふぬくめ酒

山に雪あした売る菜の束ねられ

第二章　さなぶり

六十六句

二夕夜かけて奈良の墨擦り賀状書く

改元の賀状に古希を迎へしと

初湯浴ぶ百日の嬰の大盥

新宅の床の間に置く福達磨

孫の絵もならべて祝ふ掛蓬莱

初買の鉈提げて来る山子かな

葉牡丹の渦とかさぬるわが齢

八方に水撥ね寒の餅を搗く

茂吉忌の雪を焦がして紙燃やす

かたまつて日向の墓や鶺鴒

藁足せば寝嵩しづむる孕み馬

啓蟄や赤子座敷をまるく這ふ

福寿草日差しに妻のほどきもの

日本海の雲の量感鳥帰る

春昼の海光はじく津梅句碑

朧夜の鉄切る火花咲くごとし

三月や川岸に置く縄束子

嬰の笑ひ母にうつるよチューリップ

移転せしと吉野の友の花便り

連翹や墨縄はじく宮大工

空厩の農機具置き場万愚節

分け入っても蝦夷春蟬の降るごとし

兄弟の兄の草矢の高く飛ぶ

川音はふるさとの音田植くる

新緑や矯めつ眇めつ刃物研ぐ

ばさばさと葉を切りおとし蕗採りぬ

さなぶりに追加の酒のとどきけり

弓形に電車出てくる花林檎

花卯木犬の尿に綱のばす

梅雨寒の回せば戻る業ぐるま

滝仰ぐ滝の力に真向うて

人が人憎む世の中蜘蛛太る

花栗や男盛りの獣医来る

ことごとく蓮見る眼素直なる
蓮咲くや衆生済度の空深め
すぐ尽きる夜店の裏の真暗がり

箱眼鏡のぞかぬ時は空うつり

逃げ水の逃げきつて海もり上がる

ところてん啜り溢るる海の色

通夜の帰路蛍それきり見失ふ

口寄せに貰ひ泣きして汗ばみぬ

梅干して麦干して庭明るくす

仙人掌やをんな足組み煙草吸ふ

魂棚に子の通知表供へあり

白木槿会津飛脚の無縁塚

膝つきし児のにつこりと宮相撲

交代の髪解くナース秋ざくら

種なすび妊婦のごとく横たはる

送電線弛む三本大花野

秋冷や万の陶狐の赤き口

色鳥や指で均らして小豆干す

紙ヒコーキ穭田に墜ち突きささる

電工の脚ぶらさがる紅葉山

しつかりと枯野指さし転轍手

声にならぬ妻のつぶやき鳥渡る

堅物で通す一生放屁虫

落ち林檎置きざりにされ色付きぬ

落葉ひろふ影もちあるく裏日本

干菜編む妻は素直な背中見せ

豚の仔の自在に潜る今年藁

藁買ひのまことに似合ふ頬被り

銃音に応へて山のまた眠る

燈台に海猫舞ふ小春師の叙勲

語部の時には炉火のめらめらと

極月や古代の色に蕎麦こねる

馬市の溜り場にくる暦売

第三章　晩稲刈

五十四句

初凪や沖に対ひし飾り砲

初明り妻は煮炊きの音たてて

人日や字画を正す虫眼鏡

産土神の巣藁咥へて初雀

小正月妻に焚き足す仕舞風呂

ピカソ展出て寒晴の西銀座

杁笛いきいき「しゅら」の雪来るか

巖・一灯二月雪頭に墓隣る

立春やじつと沖見る寒立馬

追儺豆噛みかみ季語にこだはれり

剪定の脚立のこして山暮るる

鳥帰る一村上げて清掃日

春愁や地下鉄線の人模様

関防印選りし弥生の鳩居堂

飛行機の離陸の力地虫出づ

鉄塔を根こそぎゆすりかげろひぬ

燈台の径に師の句碑雀の子

島中に太陽わたり海猫孵る

ふところに貰はれてゆく仔猫かな

朧夜の猫戻りくる鈴の音

亡き長子出て来よつくし野の広し

水門にもどる水音初燕

薫風や眼やさしき盲導犬

葉桜や唐金色の壕の面

をんな来て苗直しゆく田植寒

田植寒なかなかとれぬ喉の骨

新緑や水天宮に蛇の絵馬

駅伝のポスター貼られ青田風

青田道人拾ひゆく婚のバス

畳掃く水の音ともかきつばた

初蛍術後の妻の掌にうつす

硫黄の香沁みつく網戸湯治終ふ

空路来し少年の手に兜虫

緑蔭を出でし一歩の大股に

猫舌を妻に笑はれ業平忌

戦友と五十年目の麦酒酌む

睡蓮の影のうす紅たもちをり
いささかなわが軍歴の紙魚のあと
理髪屋の鏡をとほる金魚売

昭彦よ呼べど呼べども晩夏光

枝豆を青々と茹で汀女の忌

ねぷた太鼓発つ間をうちて撥馴らす

壺の肩撫でてさやけし陶磁展

面売りもそば屋も裏は虫の声

足音に蝗一揆のごとさわぐ

二女三男助つ人ふゆる晩稲刈

ともさねばうしろ淋しき菊人形

高らかな子の音読に露育つ

燈台を閲兵のごと雁渡る

菊蒸すを見てゐて目鼻うしなひぬ

暁紅や盤水句碑は虫の中

一葉忌こけしに赤き髪飾り

はんの木の薪に芽の出る炭焼き場

障子張る一部始終のあかるさに

第四章　小春日

六十三句

手はじめに妻の名を書き初硯

墨を磨る思ひもかけぬ賀状きて

碧落の凧の力を児に渡す

軒下になじむ寒餅赤・白・黄

三寒を藁打ち四温山巡る

闇に出て闇にもどりし恋の猫

杣人の二食弁当山笑ふ

楤芽摘む南部にのこる一里塚

たなごころやさしく握り種下す

蕪島や阿鼻叫喚の渡り海猫

三鬼忌や籠をはみ出す蛸の足

郵袋をふくらませ来る梅日和

厩出し郵便局ににほひけり

抱き上げし子に春光のとびつきぬ

溝浚ふ水が水押すあかるさよ

天を突く風車十基や風薫る

父ほどの才覚も無し葱坊主

新緑やふりむく巫女のこぼれ笑み

観音に法悦のとき囀れり

新緑や少女に弓をひく力

貞任の屋敷跡とや遠郭公

植田水授乳母子に漣す

退院の青田まぶしむばかりなる

蚯蚓鳴く所詮農夫で老いにけり

義経寺の鍔口重き青葉雨

白神のみづみづしきは蝸牛

戻り梅雨板もて仕切るいたこ小屋

河骨のいまだ幼き葉振りかな

山の水溢るる桶にトマト浮く

真澄の歌さながらに夏怒涛かな

まつすぐに穴場にむかふ岩魚釣

サングラス外す竜飛の荒波に

くさむらにまだ湿りある蛇の衣

夕蟬や籠屋ひと日の塵はたく

蟬の穴のぞき戦時の見えてくる

天瓜粉嬰全身で応へをり

緑青の母の風鈴吊れば鳴る
衣被酒好きは酒やめられず
ちちははの精霊舟に力貸し

ジャズの村今を盛りと蕎麦の花

山葡萄捥ぐや幼き頃の空

裕次郎館でて爽やかに海を見る

あきつとぶ運河のそでに人力車

海沿ひに奇岩仏岩秋夕焼

鎌・砥石子に継ぎ田水落しけり

稲扱きし夜は酔ひやすく寝ねやすく

とろろ汁育ちざかりの子が五人

日蓮の像の眼力冷まじや

深秋の娶りの宴に九段坂

秋雨の夜行バス待つ八重洲口

産土神に銀杏ひろひバスを待つ

秋深しアイヌ女の子の黒き眉

小春日を妻と頒ちて藁束ね

新藁に仔牛立つことくりかへす

黒崎は北緯四十度枯岬

舟揚げの滑車ころがる冬の浜

浜小屋の百の石屋根山枯るる

浜小屋の畳一畳年惜しむ

一揆像の先の塩道根雪見ゆ

三陸に年惜しみつつ蟹つつく

喪の家に切干の笊暮れ残り

妻のもの羽織り夜寒の稿を継ぐ

雪積んで心落ち着く北ぐらし

第五章　植田あかり

六十六句

初日浴ぶ八十歳の胸張りて

神代より美しき火の色初竈

初日の出太平洋をゆさぶりて

根限り凍土搔きゐる寒立馬

寒立馬見んと躓く吹雪かな

身籠りてふかき睫や寒立馬

蕪島は籠城のごと寒の入

妻が編み夫の吊るせし寒の餅

町中は杁一色小雪舞ふ

湯上りの酒の甘露や山はだれ
不覚にも追儺豆踏む仏間かな
糸巻きの妻にかしづく春炬燵

盆梅の咲きしと妻の佳き声す

おぼろ夜の演歌吹きゐるハーモニカ

戦遠し安房に蛤掘りしこと

水温む乗りて揺らぎしドンコ舟

芽からたち狭き白秋通学路

柳川に婚礼の舟しだれ梅

桂月の奥津城にして初蕨

爽郎の温顔が好き雪加鳴く

新緑や搾乳管を乳はしる

代掻きし夜は海原の夢見たり

うぶすなの十方植田あかりかな

花胡桃鯉抱き土手をのぼり来る

蜘蛛の糸ひかる天井桟敷かな

淋代は修司の故郷梅雨寒し

会津衆と呼ばれて古書を曝しをり

白根葵咲き霊水を掬ひのむ

紫陽花の寺や木彫りの杓子買ふ

青池の化身となりて翡翠とぶ

吹き上ぐる襟裳岬の夏の霧

汐風に育つ晩夏の日高馬

馬小作多き日高や晩夏光

奥入瀬の水音違ふ十の瀧

海月浮く仏ヶ浦の船着き場

雷走り百霊覚ます恐山

紙魚食ひし軍隊手帳いとほしむ

ラムネ飲む昭和ひとけた遥かなり

幣張つて卯の花どきの句碑洗ひ

産牛の寝嵩に焚きし草蚊遣

蟇の子の既に貫録ありにけり

尺蠖りに尺をとらるる力石

薬草を煮つめてゐたる残暑かな

掛け合ひの盆唄かなし鹿角郡

毛馬内の面隠せる盆踊

緬羊の求愛はげし秋桜

暁紅の雲点々と海野分

はちきれんばかりに跳ねる秋の鯖

牛膝でんでら野よりつけて来し

朝まだき秋蚕桑食む山家かな

古小豆なかなか煮えぬ去来の忌

月代に巫女の出入りや宝物殿

綿飴の見る見る太る秋祭

雁渡し火の見櫓にホース干し

百選の渚一望新松子

灯台の裾野は草の花だたみ

猟解禁薬莢拾ふ土手の道

行く秋の仁太坊偲ぶ叩き三味

岩木嶺の裾をひろげて林檎捥ぐ

夜長の灯たつぷり使ひ菜を選りぬ

瓢の実の真紅きはまる法隆寺

枯るる中飛鳥美人の壁画見る

夕しぐれ陀羅尼助買ふ奈良の旅

萩しぐれ津和野は晴れて鯉泳ぐ

瀬戸内の小雨にけぶる牡蠣筏

爆心地つらぬく冬の太田川

第六章　残　響

藤原の郷おんおんと除夜の鐘

弁慶の墓の籬や淑気満つ

亭亭と槙青青と初御空

獅子頭脱ぎ旨さうに煙草吸ふ

倒木を曳きずり出せり山始

かたくなに寒の戻りの怒濤音

笛太鼓踏切渡る朳衆

岳見ゆる道真直ぐに朳来る

立春を待たず逝きしよ露月翁

荷風忌の色紙に描く黄水仙

名残雪野辺地にのこる常夜灯

主より頭を噛むしぐさ春祈祷

羽ばたきを我にも欲しき鶏合

雉の声聞きつつハウス組み終る

るり鳥の声ころころと清和かな

海猫渡り来て端正に羽たたむ

抱卵の海猫蕪島を埋めつくす

岬鼻の晴れて仔馬の寝ころがる

ギター弾く指のつまづく遅日かな

山ぐにの彼岸の辻に数珠の音

逃げ水を追ふや湧きくる旅心

修験道奥へ奥へと遠郭公

巡幸の奥州街道花こぶし

城跡や捨て梅林の花ざかり

霊水は新緑の味噛んでのむ

桂月の名付けし滝のとどろけり

百里来しごとき足どり清水汲む

手を濯ぎ葬列送る田草取

廃校に一穂の句碑や青田風

父の忌に封切る八女の新茶かな

どの道も灼けて石積む恐山

全身を使ひ毛虫の道よぎる

消ゆるまでみとる送り火父祖の墓

一望の遠野盆地の秋夕焼

落胡桃掌にぬくめつつ遠野去る

唐黍を横抱きに捥ぐ媼かな

厄日なる雨突き刺さる捨て田圃

雅童逝き千空逝きし神無月

牛守も牛も寝ねたる星月夜

色鳥や村に井戸掘る櫓たつ

岩ふたつ紅葉照りして馬仙峡

山装ふ名馬の像に菊の紋

討ち死の墓にしぐれの傘ひらく

師の句碑の露にひかりし三光院

河骨の枯れまざまざと鏡池

雁渡る三百年の羽黒杉

枯芭蕉鐘の余韻の蚶満寺

一合の酒を力に狸汁

燈台をどよもす怒涛新松子

鳴き砂を少女の駆くる小六月

野ざらしの鯨の背骨時雨打つ

点滴のとれて夜寒の肌さする

退院の身にも師走の訪れる

残響や燭あかあかと十夜寺

あとがき

『残響』は齢九十余にして私の第一句集となる。仲間達からは、再三にわたり句集出版を勧められていたが重い腰を上げられずにいた。この度、東奥日報社より文芸叢書出版のお誘いがあり、有難くお受けすることと致した次第である。

私が初めて俳句に触れたのは昭和十四年に遡る。原迷夢氏より手解きを受けたのがきっかけであった。その後終戦となり復員した橘雅童、中里久悌子等と共に戦後の混乱期に、地元で「上市川いろり会」を結成し、俳句による農村文化の向上に意を注いだものである。当時の仲間のほとんどは鬼籍の人となった。なつかしさと共にまさに残響の想いである。

俳句を始めて長い年月加藤憲曠主宰の「薫風」にて学び、これと言った賞に挑戦した事もなく、今にして思えば各地での大会等が唯一の挑戦といえよう。

本集に収録した360句は「薫風」誌「春耕」誌に発表したものを主体に、他に大会等に応募した作品を収めたものである。

編集に際しては、高齢により目を患い執筆に難儀したため、長女田津子、次女奈保子の手助けを受けながら、また最終校正に於いては薫風編集部の皆様にもお世話になり厚くお礼申し上げる次第である。

この叢書出版にあたっては東奥日報社出版部の方々にいろいろお世話いただきましたことに感謝申し上げます。

平成二十八年二月

佐々木蔦芳

著者略歴

佐々木蔦芳（ささき　ちょうほう）

大正十三年、旧三戸郡川内村（現五戸町）生まれ。本名佐々木英助。昭和十四年原迷夢氏に俳句を学ぶ。昭和二十一年「上市川いろり俳句会」結成。同二十二年加藤憲曠氏に師事「すすき野」編集同人。二十六年「ちまき」同人。五十九年「薫風」創刊同人。六十一年「風」沢木欣一氏に師事。平成十四年「春耕」皆川盤水氏に師事、同人、評議員。薫風同人会長、俳人協会青森支部幹事、青森県俳句懇話会理事歴任。

東奥文芸叢書　俳句28

佐々木蔦芳句集　残響

発行　二〇一六（平成二十八）年四月十日
著者　佐々木蔦芳
発行者　塩越隆雄
発行所　株式会社　東奥日報社
〒030-0180　青森市第二問屋町3丁目1番89号
電話　017-739-1539（出版部）
印刷所　東奥印刷株式会社

Printed in Japan　©東奥日報2016　許可なく転載・複製を禁じます。定価はカバーに表示してあります。乱丁・落丁本はお取り替え致します。

ISBN－978－4－88561－232－9　C0092　￥1200E

東奥日報創刊125周年記念企画

東奥文芸叢書　俳句

加藤　憲曠　新谷ひろし
藤田　枕流　野沢しの武
草野　力丸　工藤　克巳
畑中とほる　吉田千嘉子
竹鼻瑠璃男　高橋　千恵
土井　三乙　徳才子青良
三ヶ森青雲　橘川まもる
福士　光生　田村　正義
吉田　敏夫　小野　寿子
浅利　康衞　木附沢麦青
増田手古奈　成田　千空
宮川　翠雨　日野口　晃
泉　風信子　藤木　倶子
奥田　卓司　佐々木蔦芳
松宮　梗子　敦賀　恵子

（既刊は太字）

東奥文芸叢書刊行にあたって

青森県の短詩型文芸界は寺山修司、増田手古奈、成田千空をはじめ日本文学界をリードする数多くの優れた文人を輩出してきた。その流れを汲んで現代においても俳句の加藤憲曠、短歌の梅内美華子、福井緑、川柳の高田寄生木など全国レベルの作家が活躍し、その後を追うように、新進気鋭の作家が次々と現れている。

１８８８年（明治21年）に創刊した東奥日報社が１２５年の歴史の中で醸成してきた文化の土壌は、「サンデー東奥」（１９２９年刊）、「月刊東奥」（１９３９年刊）への投稿、寄稿、連載、続いて戦後まもなく開始した短歌・俳句・川柳の大会開催や「東奥歌壇」、「東奥俳壇」、「東奥柳壇」などを通じて、本州最北端という独特の風土を色濃くまとった個性豊かな文化を花開かせてきた。

二十一世紀に入り、社会情勢は大きく変貌した。景気低迷が長期化し、核家族化、高齢化がすすみ、さらには未曾有の災害を体験し、その復興も遅々として進まない状況にある。このように厳しい時代にあってこそ、人々が笑顔と元気を取り戻し、地域が再び蘇るためには「文化」の力が大きく寄与することは間違いない。

東奥日報社は、このたび創刊１２５周年事業として、青森県短詩型文芸の優れた作品を県内外に紹介し、文化遺産として後世に伝えるために、「東奥文芸叢書（短歌、俳句、川柳各30冊・全90冊）」を刊行することにした。「文化」の力は地域を豊かにし、世界へ通ずる。本県文芸のいっそうの興隆を願ってやまない。

平成二十六年一月

東奥日報社代表取締役社長　塩越　隆雄